Usborne Farmyard Tales

First French Word Book

Heather Amery

Illustrated by Stephen Cartwright

Edited by Jenny Tyler and Mairi Mackinnon
Designed by Helen Wood and Joe Pedley

You can hear all the French words in this book, read by a French person, on the Usborne Quicklinks Website. All you need is an Internet connection and a computer that can play sounds. Just go to **www.usborne-quicklinks.com** then type in the keywords **first french words** and follow the simple instructions. Always follow the safety rules on the Usborne Quicklinks Website when you are using the Internet.

There is a little yellow duck to find on every double page.

French language consultant: Lorraine Beurton-Sharpe

Voici la ferme des Pommiers.

This is Apple Tree Farm.

Monsieur et madame Boot habitent ici avec leurs enfants, Poppy et Sam.

Mr. and Mrs. Boot live here with their children, Poppy and Sam.

Ils ont un chien qui s'appelle Rusty, et un chat, Whiskers.

They have a dog called Rusty, and a cat, Whiskers.

Ted travaille à la ferme. Il s'occupe des animaux.

Ted works on the farm. He looks after the animals.

Madame Boot

Monsieur Boot

Ted

Poppy

Sam

Rusty

Whiskers

Woolly

Curly

3

Les animaux de la ferme
Farm animals

le chien
dog

le veau
calf

la vache
cow

le cochon
pig

le petit
cochon
piglet

le mouton
sheep

l'agneau
lamb

le cheval
horse

l'âne
donkey

la chèvre
goat

l'oiseau
bird

le chat
cat

le canard
duck

le caneton
duckling

l'oie
goose

la souris
mouse

5

la maison
house

la cheminée
chimney

la montgolfière
hot air balloon

le vélo
bicycle

la voiture
car

le toit
roof

la porte
door

Voici la maison de Poppy et Sam.

This is Poppy and Sam's house.

la fenêtre
window

la palissade
fence

le portillon
gate

le nuage
cloud

la tente
tent

la rivière
stream

le bateau
boat

le poisson
fish

la grenouille
frog

le chemin
path

le pont
bridge

la meule de foin
haystack

l'épouvantail
scarecrow

la mare
pond

le lapin
rabbit

Au bord de la rivière

By the stream

Dans la cour

In the farmyard

Madame Boot lave la voiture.

Mrs. Boot is washing the car.

Poppy fait du vélo.

Poppy is riding her bicycle.

Regarde la montgolfière!

Look at the hot air balloon!

la voiture
car

le vélo
bicycle

la montgolfière
hot air balloon

le nuage
cloud

La rivière

The stream

Sam joue avec son bateau.

Sam is playing with his boat.

Poppy essaie d'attraper un poisson.

Poppy is trying to catch a fish.

La grenouille se cache.

The frog is hiding.

Un poisson saute hors de l'eau.

A fish is jumping out of the water.

la rivière
stream

le bateau
boat

le poisson
fish

la grenouille
frog

le pont
bridge

les sandales
sandals

le chapeau
hat

la culotte
pants

le tee-shirt
t-shirt

les chaussettes
socks

la robe
dress

Madame Boot étend le linge.

Mrs. Boot is hanging out the washing.

les chaussures
shoes

le sweat-shirt
sweatshirt

la chemise de nuit
nightshirt

le caleçon
shorts

le jean
jeans

la chemise
shirt

l'échelle
ladder

la pomme
apple

la feuille
leaf

la chenille
caterpillar

l'arbre
tree

le renard
fox

Poppy aide madame Boot à cueillir les pommes.

Poppy is helping Mrs. Boot pick the apples.

14

l'abeille
bee

le papillon
butterfly

la balançoire
swing

la fleur
flower

le scarabée
beetle

l'escargot
snail

15

Étendre le linge

Hanging out the washing

Rusty veut jouer avec une chaussette.

Rusty wants to play with a sock.

Le chat joue avec le chapeau.

The cat is playing with the hat.

Le jean de Sam est sur le fil.

Sam's jeans are on the line.

Poppy tient sa robe.

Poppy is holding her dress.

la chaussette
sock

la robe
dress

le jean
jeans

le chapeau
hat

Le verger The orchard

Madame Boot est montée sur une échelle.

Mrs. Boot is up a ladder.

Sam fait de la balançoire.

Sam is on the swing.

Poppy, attrape !

Poppy, catch!

Un renard se cache derrière l'arbre.

A fox is hiding behind the tree.

l'échelle
ladder

la balançoire
swing

le renard
fox

l'arbre
tree

la pomme
apple

le
poulailler
hen house

le panier
basket

le ver de terre
earthworm

la pelle
spade

l'œuf
egg

la brouette
wheelbarrow

Sam nourrit les poules.

Sam is feeding the hens.

la plume
feather

le seau
bucket

la poule
hen

le poussin
chick

l'écuelle
dish

la souris
mouse

la paille
straw

la
remorque
trailer

le sac
sack

le tournevis
screwdriver

le siège
seat

la boîte
à outils
toolbox

le marteau
hammer

Ted répare
le tracteur.
Ted is mending the tractor.

le tracteur
tractor

la peinture
paint

la clé plate
spanner

la corde
rope

le volant
steering wheel

30Kg

Nourrir les poules

Feeding the hens

Ce poussin a faim.

This chick is hungry.

Compte les œufs.

Count the eggs.

Une poule est perchée tout en haut.

One hen is sitting on top.

Sam apporte à manger dans un seau.

Sam brings feed in a bucket.

l'œuf
egg

le poulailler
hen house

le poussin
chick

le seau
bucket

le panier
basket

la poule
hen

Réparer le tracteur

Mending the tractor

Ted répare le tracteur.

Ted is mending the tractor.

Poppy peint la remorque.

Poppy is painting the trailer.

Sam tient le marteau.

Sam is holding the hammer.

le tracteur
tractor

le marteau
hammer

le sac
sack

la remorque
trailer

la locomotive
engine

les rails
tracks

le signal
signal

24

le charbon
coal

la
pendule clock

la
casquette
cap

le
mécanicien
driver

À la gare

At the station

le contrôleur
guard

la lampe
lamp

le wagon
carriage

le
drapeau
flag

25

le château
de sable
sandcastle

les cheveux
hair

le
coquillage
shell

la main
hand

les pieds
feet

les
lunettes de soleil
sunglasses

les brassards
armbands

26

la glace
ice cream

la tête
head

le ballon
ball

la serviette
towel

le panier
basket

le crabe
crab

Poppy et Sam
sont à la plage.

Poppy and Sam are at the beach.

La gare The station

Voilà la locomotive.
There's the engine.

Le contrôleur sourit.
The guard is smiling.

C'est l'heure du départ.
It's time to go.

Madame Boot agite son drapeau.
Mrs. Boot waves her flag.

la pendule
clock

le mécanicien
driver

le wagon
carriage

le drapeau
flag

le contrôleur
guard

la locomotive
engine

À la plage

At the beach

Sam a enfilé ses brassards.

Sam has put his armbands on.

Madame Boot peigne les cheveux de Poppy.

Mrs. Boot is combing Poppy's hair.

Monsieur Boot est enterré dans le sable.
Seuls sa tête et ses pieds dépassent.

Mr. Boot is buried in the sand. Only his head and his feet stick out.

les brassards
armbands

les cheveux
hair

la tête
head

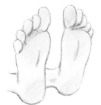

les pieds
feet

les pommes de terre
potatoes

le raisin
grapes

les cerises
cherries

les petits pois
peas

la carotte
carrot

les tomates
tomatoes

les fraises
strawberries

le chou
cabbage

les champignons
mushrooms

les oignons
onions

les prunes
plums

la poire
pear

les haricots
beans

Madame Boot, Poppy et Sam vendent des fruits et légumes.

Mrs. Boot, Poppy and Sam are selling fruit and vegetables.

le concombre
cucumber

le chou-fleur
cauliflower

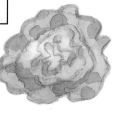

la salade
lettuce

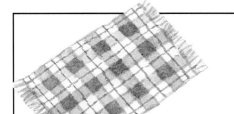

la
couverture
rug

le chocolat
chocolate

l'orange
orange

l'assiette
plate

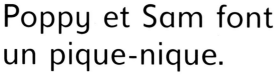

le gâteau
cake

Poppy et Sam font un pique-nique.

Poppy and Sam are having a picnic.

le couteau
knife

le yaourt
yogurt

le parasol
umbrella

le pain
bread

la banane
banana

le sandwich
sandwich

la bouteille
bottle

le jus de
fruits
fruit juice

la fourchette
fork

la tasse
cup

le fromage
cheese

33

Les fruits et légumes Fruit and vegetables

Madame Boot prend une grappe de raisin.

Mrs. Boot is picking up a bunch of grapes.

Sam a des pommes de terre et des salades dans sa brouette.

Sam has potatoes and lettuces in his wheelbarrow.

Combien de choux Poppy tient-elle ?

How many cabbages is Poppy holding?

Curly va-t-il manger la tomate ?

Is Curly going to eat the tomato?

le raisin
grapes

les choux
cabbages

les
pommes de terre
potatoes

les salades
lettuces

les tomates
tomatoes

34

Le pique-nique

The picnic

Poppy a renversé la bouteille.

Poppy has dropped the bottle.

Madame Boot a du fromage sur une assiette.

Mrs. Boot has some cheese on a plate.

Sam se verse du lait.

Sam is pouring himself some milk.

 **la bouteille**
bottle

le fromage
cheese

le couteau
knife

l'assiette
plate

 **le lait**
milk

l'ordinateur
computer

le téléphone
telephone

le journal
newspaper

la photo
photo

la cassette vidéo
video

le tableau
picture

Poppy lit un livre et Sam joue avec son ordinateur.

Poppy is reading a book and Sam is playing on his computer.

la radio
radio

le crayon
pencil

la télévision
television

la table
table

le CD
CD

le stylo
pen

l'appareil
photo
camera

la chaîne stéréo
stereo

la chaise
chair

les chaussons
slippers

l'oreiller
pillow

le lit
bed

le nounours
teddy

le livre
book

le savon
soap

la brosse
brush

le store
blind

le peigne
comb

le miroir
mirror

le lavabo
basin

C'est l'heure d'aller au lit.

It's time for bed.

la poupée
doll

la brosse à dents
toothbrush

les toilettes
toilet

39

À la maison

At home

Poppy lit un livre.

Poppy is reading a book.

Voilà le téléphone.

There's the telephone.

Sam joue avec son ordinateur.

Sam is playing on his computer.

Papa lit le journal.

Dad's reading the newspaper.

 le journal

le livre — book   **le téléphone** — telephone   **le journal** — newspaper   **la table** — table   **l'ordinateur** — computer

Au lit !

Bedtime!

Le nounours de Poppy est sur l'oreiller.

Poppy's teddy is on the pillow.

Sam saute sur son lit.

Sam is jumping on his bed.

Le savon est sur le lavabo.

The soap is on the basin.

Poppy se brosse les dents avec sa brosse à dents.

Poppy is brushing her teeth with her toothbrush.

le lit
bed

la brosse à dents
toothbrush

le nounours
teddy

l'oreiller
pillow

le savon
soap

le lavabo
basin

Le temps

Weather

la neige
snow

le soleil
sun

la pluie
rain

le brouillard
fog

le vent
wind

Les saisons Seasons

le printemps
spring

l'été
summer

l'arc-en-ciel rainbow

l'orage storm

le verglas

ice

les nuages

clouds

l'automne

autumn

l'hiver

winter

Les couleurs
Colours

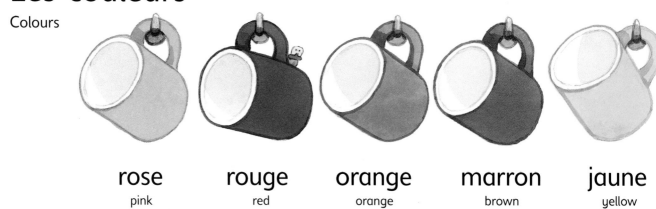

| **rose** | **rouge** | **orange** | **marron** | **jaune** |
| pink | red | orange | brown | yellow |

Les chiffres Numbers

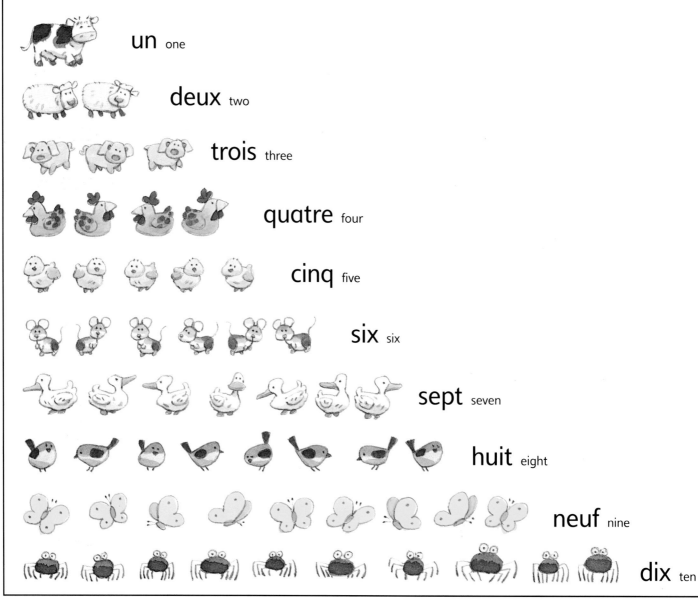

un one

deux two

trois three

quatre four

cinq five

six six

sept seven

huit eight

neuf nine

dix ten

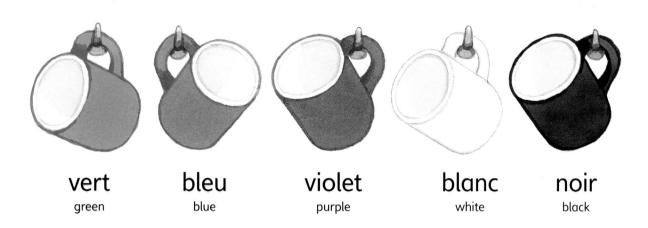

vert
green

bleu
blue

violet
purple

blanc
white

noir
black

Il y a cent chiens sur cette page.

There are 100 dogs on this page.

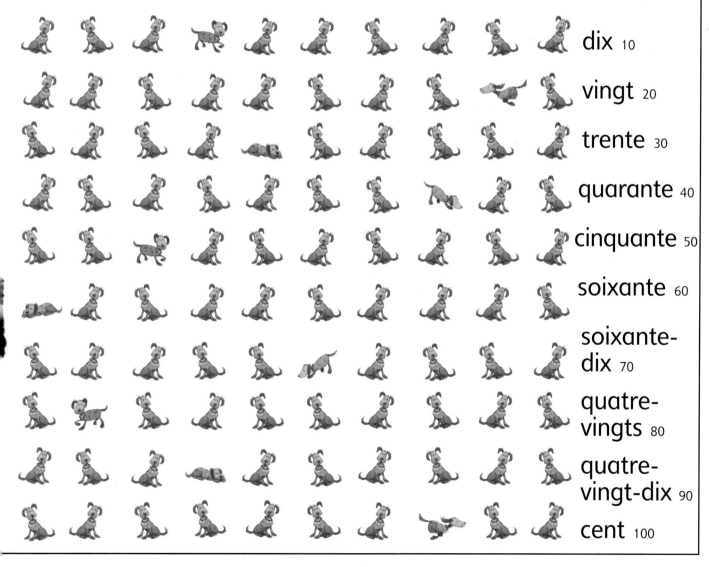

dix 10

vingt 20

trente 30

quarante 40

cinquante 50

soixante 60

soixante-dix 70

quatre-vingts 80

quatre-vingt-dix 90

cent 100

Word List

l'abeille	le CD	le concombre	les haricots
l'agneau	les cerises	le contrôleur	l'hiver
l'âne	la chaîne stéréo	le coquillage	huit
l'appareil photo	la chaise	la corde	jaune
l'arbre	les champignons	le couteau	le jean
l'arc-en-ciel	le chapeau	la couverture	le journal
l'assiette	le charbon	le crabe	le jus de fruits
l'automne	le chat	le crayon	le lait
la balançoire	le château de sable	la culotte	la lampe
le ballon	les chaussettes	Curly	le lapin
la banane	les chaussons	deux	le lavabo
le bateau	les chaussures	dix	le lit
blanc	le chemin	le drapeau	le livre
bleu	la cheminée	l'échelle	la locomotive
la boîte à outils	la chemise	l'écuelle	les lunettes de soleil
la bouteille	la chemise de nuit	l'épouvantail	Madame Boot
les brassards	la chenille	l'escargot	la main
la brosse	le cheval	l'été	la maison
la brosse à dents	les cheveux	la fenêtre	la mare
la brouette	la chèvre	la feuille	marron
le brouillard	le chien	la fleur	le marteau
le caleçon	le chocolat	la fourchette	le mécanicien
le canard	le chou	les fraises	la meule de foin
le caneton	le chou-fleur	le fromage	le miroir
la carotte	cinq	le gâteau	Monsieur Boot
la casquette	la clé plate	la glace	la montgolfière
la cassette vidéo	le cochon	la grenouille	le mouton

la neige

neuf

noir

le nounours

le nuage

l'œuf

l'oie

les oignons

l'oiseau

l'orage

l'orange

l'ordinateur

l'oreiller

la paille

le pain

la palissade

le panier

le papillon

le parasol

le peigne

la peinture

la pelle

la pendule

le petit cochon

les petits pois

la photo

les pieds

la pluie

la plume

la poire

le poisson

la pomme

les pommes de terre

le pont

Poppy

la porte

le portillon

le poulailler

la poule

la poupée

le poussin

le printemps

les prunes

quatre

la radio

les rails

le raisin

la remorque

le renard

la rivière

la robe

rose

rouge

Rusty

le sac

la salade

Sam

les sandales

le sandwich

le savon

le scarabée

le seau

sept

la serviette

le siège

le signal

six

le soleil

la souris

le store

le stylo

le sweat-shirt

la table

le tableau

la tasse

Ted

le tee-shirt

le téléphone

la télévision

la tente

la tête

les toilettes

le toit

les tomates

le tournevis

le tracteur

trois

un

la vache

le veau

le vélo

le vent

le ver de terre

le verglas

vert

violet

la voiture

le volant

le wagon

Whiskers

Woolly

le yaourt

Can you find a
word to match
each picture?

First published in 2003 by Usborne Publishing Ltd, Usborne House, 83-85 Saffron Hill, London, EC1N 8RT.
www.usborne.com Copyright © 2004, 2003, 2001 Usborne Publishing Ltd.